U1017564

我们的娜塔莎

长篇

蒋韵 著

百花文艺出版社
天津出版传媒集团

图书在版编目（CIP）数据

我们的娜塔莎 / 蒋韵著. -- 天津：百花文艺出版社, 2021.9

(百花中篇小说丛书)

ISBN 978-7-5306-8112-1

Ⅰ.①我… Ⅱ.①蒋… Ⅲ.①中篇小说-中国-当代 Ⅳ.①I247.5

中国版本图书馆 CIP 数据核字(2021)第 117287 号

我们的娜塔莎

WOMEN DE NATASHA

蒋韵 著

出 版 人: 薛印胜 **选题策划:** 汪惠仁

编辑统筹: 徐福伟 **责任编辑:** 齐红霞

装帧设计: 任 彦 **特约编辑:** 王亚爽

出版发行: 百花文艺出版社

地址: 天津市和平区西康路 35 号 **邮编:** 300051

电话传真: +86-22-23332651（发行部）

+86-22-23332656（总编室）

+86-22-23332478（邮购部）

网址: http://www.baihuawenyi.com

印刷: 山东临沂新华印刷物流集团有限责任公司

开本: 700×980 毫米 1/32

字数: 43 千字

印张: 4

版次: 2021 年 9 月第 1 版

印次: 2021 年 9 月第 1 次印刷

定价: 30.00元

如有印装质量问题，请与山东临沂新华印刷物流集团有限责任公司联系调换

地址:山东省临沂市高新技术产业开发区新华路 1 号

电话:(0539)2925659 邮编:276017

版权所有 侵权必究

蒋韵 / 作者

女，河南开封人，1954年生于山西太原。1981年毕业于太原师范专科学校中文系。1979年开始发表作品，著有长篇小说《隐秘盛开》《栎树的囚徒》《红殇》《闪烁在你的枝头》《我的内陆》《人间——重述白蛇传》（与李锐合著），小说集《现场逃逸》《失传的游戏》，散文随笔集《春天看罗丹》《悠长的邂逅》等。中篇小说《心爱的树》获第四届鲁迅文学奖，长篇小说《隐秘盛开》获第四届赵树理文学奖。有作品被翻译成英、法等文字。中篇小说《英雄血》《朗霞的西街》获《小说月报》第十三、十六届百花奖。现为山西省作家协会副主席，中国作家协会会员。

一　城市童话

安同志带着他的妻子娜塔莎来到这座北方城市落户的时候,是一九五八年。那一年,杜若刚满四岁,是幼儿园小班的学童。杜若的生活照说和他们没有丝毫的瓜葛。

杜若家住城南,安同志和娜塔莎家,确切住在哪里,地址不详。

安同志叫什么,他们都不知道。这个他们,指的是长大后的杜若和她的伙伴们,是这座城市里所有那些不安于小城生活的时尚青年。那时,人们认为这样的青年是思想意识不健康。

安同志叫什么,一点不重要,重要的是他很勇敢和浪漫,在莫斯科或者列宁格勒学习的时候,爱上了一个叫娜塔莎的苏联姑娘。这样的恋爱或者婚姻，在当时，据说有很多，但往往都在中国男生回国时宣告分手。安同志却没有松开他的手，他紧紧地拉着他的娜塔莎，坐了九天九夜的火车，穿过苏联广袤的土地、无边的白桦林，穿过秋色迷人的西伯利亚，把这个穿布拉吉、吃面包黄油酸黄瓜的姑娘，还有他们四岁的儿子和两岁的女儿，带回到了我们的土地上，带回到了大陆深处这个吃五谷杂粮的北方城市。

透过车窗，安同志指着蓝天之下两座并立高耸的古塔，说道："亲爱的，我们到家了。"

那是这城市的标志，双塔。它们一千多岁了。安同志搂住了娜塔莎的肩膀，说："你听到它说什么了吗？它说，好小子，你真有本事啊，带回一个这么美丽的好媳妇。"

这像是一个童话的结尾,“从此他们过上了幸福的生活”。而真实的生活才刚刚开始。

接下来,是一九六〇年,共和国历史上的饥馑之年来到了。

再接下来,就是安同志的祖国和娜塔莎的祖国交恶。

那时,这座城市刚刚“复课闹革命”不久,那些自一九六六年之后,在“江湖上”浪荡了三年的小学毕业生,一拥而入,走进了这座城市各个中学的大门。教育革命了,也不需要考试,也不看成绩,只看你家庭住址,就近入学。杜若非常幸运,她的家,和这座城市曾经最好的中学,华北地区重点学校,仅隔一条马路。一抬头,就能看到那学校晚自习时璀璨的灯光。母亲常对杜若说:“杜若,你将来一定要考到那里去啊，那是你的学校。”杜若说：“那杜仲呢？怎么就是我的学校，不是杜仲的？”母亲不说话了。

杜若家姐弟三人，她最大，老二是弟弟杜仲，最小的是妹妹叫杜茯苓。姐弟三人的名字，都是中草药。

三个孩子中，最聪明的，是杜若。母亲一直这样认为。

这下，聪明的杜若和不够聪明的杜仲，不费吹灰之力，都进了这所全省最好的中学。但母亲却高兴不起来。这个世道，不是读书的世道了，再好的学校又能怎样？果然，开学没有多久，杜若就被选进了学校的宣传队，跳舞唱歌去了。接下来，竟是全体停课，备战备荒，挖防空洞，防止“苏修”的进犯。

整座城市，进入战时状态，各家各户，每一扇玻璃上都用裁开的纸条贴了“米”字，怕的是“苏修”的飞机轰炸。甚至做好了战争疏散的准备。一旦局势吃紧，有很多人将会离开城市，疏散、撤离到安全的后方去。

报纸、广播，都是战争的论调。

全市举行了战备会演，杜若的学校排演了一个类似活报剧又类似音乐剧的节目，里面有歌有舞，有说有唱，有解放军，有老渔民，有女民兵，有反坦克火箭弹也有“三八大盖”和红缨枪，总之慷慨激昂、起伏跌宕，以破竹之势，一路披荆斩棘，杀进决赛圈直至获奖。另一边，挖战备防空洞的也不示弱，往昔的操场，如今沟壑纵横，像战壕像掩体。土方工程比预期提前完成，全校同学又马不停蹄去砖窑拉砖，去河边拉沙，烧石灰，不到半年，防空洞大功告成。别说，还真是漂亮。红砖碹顶，处处有巧思，俨然是个地下王国。有许多人来参观，这项工程也同样获得了表彰。

不过，也付出了代价。那是在挖土方时，曾出过一次事故。有一天，一个男同学不知怎么失足掉进了三米多深的壕沟底，受了重伤。有人说是他和人打架，推推搡搡，没站稳栽进去的。有人说他是遭人暗算，趁他不备把他一把推下去的。奇怪的是现场居然没人看见发生了什么，人人似乎都有不在场证明，没人说得清楚真相。出事后，女同学们都为他难过，担心他是否会落下残疾。男生们则说，这就叫报应，为什么掉下去的偏偏是这个中苏混血儿？谁让他们来侵略我们的？

这摔伤的同学，叫安向东。从前，他不叫这个名字，他叫安德烈，是个中苏混血儿，高大、英俊、迷人。

摔伤后的安德烈再也没来过学校，他退学了。谁也不知道他去了哪里，只听说他的腿落下了残疾。一个美男子，有了残缺。那时学校采用军事化的管理，班级用军事术语“连、排”来命名。杜若和他不同排，不同连，没有过任何的交集。只有一次，某个黄昏，放学后，杜若有事耽搁了，出来时，昏暗的走廊上静悄悄，一个人迎面走来，杜若不禁停下了脚步，她以为自己产生了幻觉：这是什么？是从希腊神话中跑出来的男神吗？她错愕地闪过这念头。好美啊。她觉得呼吸不畅。第一次，她被美伤害。原来，“美”和帝国主义一样是霸道、不讲理、有侵略性的。

后来她知道了，这个美男子，叫安向东。

安向东或者安德烈出事后，杜若难过了许久。

为一个陌生人难过,杜若自己也觉得匪夷所思。她不能想象看见一个瘸了腿的安向东从走廊里迎面走来,她觉得那是冒犯。对什么冒犯,对谁冒犯,她说不上来。多年之后,杜若似乎想明白了,那是对造物、对生命最神秘秩序的冒犯吧?一件如此完美的杰作毁了。

这个安向东或者安德烈，是不是安同志和娜塔莎的儿子？应该是吧？这城市,莫非还有隐藏的娜塔莎或者玛莎、柳芭不成？不过杜若也不能确定。谁又能确定呢?安同志和娜塔莎一直像传说一样活在这座城市，杜若从不知道有谁真正认识他们。反正杜若身边没有这样的人。杜若的父母身边也没有一个这样的人。

姜友好是北京人,在山西这个内陆省份当兵。

复员后被分到了省人民医院，做了一名眼科护士。

姜友好是个喧哗的漂亮女人。她走到哪里，哪里就不会有安静。她来到这座内陆城市没有几年，就有两个男生为了争夺她打架斗殴伤人进了局子，还有一个自杀未遂。还没等那个切腕的人养好伤口，姜友好女士就又有了新的恋情。周而复始。后来，她毫无征兆地，就突然结了婚。用今天的话说，她是闪婚。她丈夫是现役军人，在海军服役。姜友好回北京探亲时，偶遇了也是回京探亲的年轻的海军军官，看到他的第一眼，姜友好就叹气了，在心里对自己说："友好啊，你玩够了，疯够了，可以歇歇了。"

他们的新婚之家，就安在姜友好工作的城市。她供职的医院在集体宿舍的筒子楼里分给了她一间屋子，足有十六七平方米，向阳，通风，四壁洁白。从前,姜友好的好客是出名的,朋友、朋友的朋友、朋友的朋友的朋友,最终都成了姜友好的座上客。有很多四处招摇说是她朋友的人,其实,她连对方的名字都记不住。婚后,她一反常态,安静了下来。从前,那么喜欢热闹,其实,是心里空虚孤单。现在,有了海军军官,她觉得自己有力量可以对付这个沉闷的城市和生活了。

她开始认识一些新的人,新的朋友。和从前的那些朋友渐渐断了联系。杜若就是这时候认识了她。杜若从铁路建设兵团回来,被分配到了一家集体所有制的小工厂上班,工作时被飞迸的铁屑伤了眼睛。她中学的同学带她去了省立医院的眼科,说:“我认识那里的一名护士,她能想办法给你多开几天假。”杜若就这样认识了姜友好。

杜若的同学叫夏莲。夏莲是列车员,跑北京。

她常常会替姜友好从北京带东西回来。友好的家人把东西送到月台上，他们像地下工作者一样三下五除二完成交接。那些东西，几乎都是吃的，糕点、花生米、腊肉、炼好的猪板油、芝麻酱，有时干脆就是一大块冷冻的五花肉，或者一袋大米。这座城市，物资奇缺，所以，像夏莲这样跑北京、郑州、上海的列车员，真是抢手啊。他们源源不断往自己的城市输送着紧俏的物资。

所以，姜友好怎么能驳夏莲的面子呢？她很痛快地帮了她们的忙。

真正让杜若和友好熟识起来，是因为后来的一件事。

有一天，杜若很冒失地跑去医院找友好。那是一大早，医院还没上班，她挂了号，等在眼科门诊前。一看见姜友好，她就迎了上去。

“你好，你不记得我了吧？”她说，“我是夏莲的朋友。”

“我记得，”姜友好说，“有事吗？”

杜若脸红了：“真不好意思，能帮我开个病假条吗？”她说，“单位在搞会战，赶活，一律不准请事假，我是真没办法了。夏莲跑车，不在，我只好厚着脸皮来找你，能帮忙吗？我急需要两天的时间。”

“什么事？”

“一个朋友借给我一本书，只给我两天时间，那书是大部头，太厚了，我要是白天上班，晚上看，就是一分钟不睡觉也看不完，”杜若回答，“可是我太想看那本书了，想了很久，好不容易才借到手——”

“我知道了，”姜友好打断了她，“没问题，我可以帮你忙。”

杜若没想到，她答应得如此爽快。假条到手，她骑着自行车飞奔而去，都不记得自己是否说了谢谢，可她心里真是感谢啊。她听夏莲说过，这个姜友好，有个不一般的出身，父亲是京城的高官，二十世纪二十年代的老布尔什维克。如今虽然“靠边站”，但《红楼梦》讲话，瘦死的骆驼比马大。原以为她会很傲娇，没想到，竟如此的不搭架子。

到下个星期天，杜若在家掌厨，顺便做了一些蛋饺。她把蛋饺装到饭盒里，去找夏莲，说：“这个，你送给姜友好吧。你不是说她这个人就好吃吗？我家没什么稀罕东西，这蛋饺的肉馅里，我掺了点莲菜，味道还细致。”对自己的厨艺，杜若还是自信的。

又一个休息日，夏莲来找杜若，说：“姜友好请咱们去她家吃饭。”杜若还没回答，夏莲又说，“不过她请你来掌勺。”

这下,杜若自然没法推辞。

姜友好的家,明亮、清爽。白色亚麻补花床单,花朵也是白色的,同款的桌布、窗帘,遮盖住了公家分配的千人一面的家具。一色白亚麻中间,只有一只花瓶是猩红如血的。那是一只水晶花瓶,后来杜若知道,那花瓶是她父亲早年从捷克带回来的。

“我从来没有见过这么素净的婚房。”杜若深觉意外地这么说,心里其实还补了一句,“雪洞一般。”

“我也从来没有见过,因为一本书跑来找我开假条的。”姜友好这样回答。

杜若愣了一愣,脸红了。

“哎,是什么书?”姜友好笑着问,“那天没顾上问你是什么书你就跑了,弄得我心里直痒痒,痒到现在。我就想知道,到底是什么书值得你费那么大劲?”

杜若也笑了:“《罪与罚》。”她回答。

“哦——”姜友好长长地哦了一声。

她听说过这本书,也知道作者,但这个人写的书她一本也没看过。从前,她的那些朋友,也几乎没有一个人看过这个人的书。他们顶多看《娜娜》、看《俊友》、看《小酒家》,或者看《德伯家的苔丝》,但这个人的书,他们没碰。她也没碰。

“你有点特别,”她说,“喜欢看布道的书。”

“你是不是觉得,我特别乏味?”杜若笑着问。

“不啊,”姜友好笑了,“我觉得你这人特有趣,为了看一本布道的书而撒谎,你不觉得有罪呀?还有,你身上有两点正是我最喜欢的。”

“哪两点?”杜若好奇地问。

"一是爱脸红；二是会做菜。"姜友好回答，"真是完美的朋友。"

她们都笑了。杜若想，这个人，也有趣。

夏莲说："杜若，今天给友好露一手，她这里有好东西，你猜我昨天给她捎回来什么？一块牛肉！"

那一天，杜若用这块珍贵的牛肉，做了好几道菜：一道酱牛肉、一道咖喱土豆牛肉、一道是经典的红烧牛肉。还炝炒了一道醋熘白菜，做了一个冬瓜火腿汤，焖了一小锅米饭。杜若对姜友好说："酱牛肉我们不动了，留着，你自己吃方便。卤汤你明天可以用来下面条。"

姜友好笑着说："不，汤我要留着，好好保存，留一百年，就是百年老汤。"

杜若笑了，知道姜友好这么说，是委婉地赞美她的厨艺。

那天，她们喝了酒，酒是竹叶青，本地的名酒。杜若把酒倒在了一只小瓷壶中，将小壶坐在了一只钢精盆里，里面蓄了热水，权当温酒器。杜若说："天冷，酒要温了喝才好。"

姜友好说："杜若，你好精致。"

杜若说："这不是我说的，是薛宝钗说的。"

姜友好回答："所以呀，你是活在书里。我们，是活在这个浊世上。"

杜若认真地望着姜友好，说："正因为是浊世，才想逃进书里啊。"

窗外，下雪了。是这个冬天的第一场雪。三个人，围坐在一张折叠桌旁，喝着温过的竹叶青。外面的世界，渐渐白了，屋顶、马路、树，都被雪遮盖、包裹。听不到雪落下的声音，可杜若知道，雪落在大地上是有声的。她有时会在落雪的夜晚一个人站在雪地中央，静静地，听雪落下的声音。时间久了，那细微的、细碎的沙沙声会渐渐变得扎耳朵。这种时候，杜若会觉得世界在她心里醒了。

姜友好说："下雪真好，真适合这样吃吃喝喝啊。"

夏莲说："冬瓜汤要不要再热热？"

姜友好说："杜若，你的厨艺是跟谁学的？真厉害！你会做西餐不会？你知道红菜汤怎么做吗？"

杜若摇摇头，说："不知道。红菜汤我只听说过，在小说里看见过，可我不会做，"她笑了，"我没吃过西餐。"

姜友好说："真的？我有个朋友，做西餐很拿手，你没听说过她吗？她叫娜塔莎，是个苏联人。"

杜若一下子瞪大了眼睛："娜塔莎？当然听说过，"她回答，"这座城市，谁没听说过娜塔莎？可我一直不确定，娜塔莎是个真实的人还是个传说。”

“怎么会不是真实的人？”这下轮到姜友好吃惊了，“她已经在这座城市生活了十多年了呀！”

“你认识她？她是你的朋友？”

“对呀。”

原来真有娜塔莎这样一个人啊。杜若终于遇到了一个认识她，还是她朋友的人。她忽然觉得一阵心跳：

“那，安向东是娜塔莎的儿子吗？你认识安向东不认识？”她问。

“你是说安德烈吧？”姜友好沉默一下，回答，“当然认识了，你认识安德烈？”

“我认识安向东，他是我同学，”杜若说，“我们初中时一个学校，算不上认识。”是的，算不上认识。没有说过一句话，可是，这么多年过去了，提起这个人，还是脸热心跳。

姜友好望着杜若，望了一会儿，说："你又脸红了。"

杜若说："不是，是你家暖气太热了。"

姜友好笑了："好吧好吧，就算是我家暖气的问题。"这个过来人，什么没见过？她忽然问："哎，你既然都认识安德烈，怎么会不相信有娜塔莎这样一个人？没有娜塔莎，哪来的安德烈或者安向东？"

杜若不知道该怎么回答。娜塔莎也好，安德烈也好，对于杜若来说，他们遥若星辰。杜若在这个世界，而他们在星空，都不是她生活里的人。

"你听说过安德烈的事吗？后来？"姜友好关切地问。

她摇摇头。

“安德烈失踪了。”姜友好轻轻说。

“失踪？”杜若完全没听明白她在说什么，“谁失踪了？”

“安德烈呀！”姜友好回答，“安德烈失踪好几年了。”

失踪？这听来简直就像是……小说。杜若愣愣地望着姜友好，姜友好说道：

“是真的。安德烈残疾了，这你知道吧？他瘸了一条腿，这件事对他的打击特大，他是个特别自恋的人，我们有朋友说他就像希腊神话里面的那个水仙花少年……”

纳喀索斯，也叫塞纳西斯。杜若知道这故事。这个美少年纳喀索斯有一天在水中看见了自己的影子，可他不知道那是他自己，他太爱那个水中的少年了，终于有一天，他纵身投入水中向那个自己的影子求爱,溺水而亡,死后,化身为水仙花。

那天,杜若听姜友好讲了另一个水仙花少年的故事。

二　安德烈或者安向东

姜友好是先认识安德烈，后来才认识娜塔莎的。安德烈比姜友好小许多岁，认识他是在北京一个朋友的家里。那时她还在部队，回京探亲，去这朋友家玩，一进门撞上了安德烈。她倒吸一口凉气，惊住了，想，这是哪里？不是北京吗？怎么会跑出这么一个古怪的“小妖”？

可是，真好看啊。

那时安德烈也就十三四岁，个子已经很高了。从外形上看，他几乎就是母亲的翻版，唯一不同的，是他头发和眼睛的颜色。母亲的金发碧眼，在他这里，变成了某种奇妙的棕色，说不出的一种灵动和神秘。朋友介绍说：“这是我表弟安德烈。”

姜友好失声叫起来："你怎么配有这样的表弟？"

"嗨嗨怎么说话呢？"朋友说。

这朋友五大三粗，外号"李逵"。

安德烈应该是从小就习惯了这样的眼光，他知道在别人眼里自己是个异类。他平静地望着姜友好，说道："我叫安向东。我是哪儿哪儿人。"他说的是那个北方省城。

"巧了，我就在那儿当兵。"姜友好说，"你家住哪儿？"

安德烈说了。

"不过，姐姐，我说了你也不能到我家去，你是军人，你不能去我们家。"

姜友好说："现在不能去，复员转业就可以了呀。"她望着那个美少年笑了，"安德烈，就冲着你，我也得复员。”

安德烈有点慌了：“你是在开玩笑吧？”

姜友好哈哈大笑：“我当然是在开玩笑。”

可是她真的复员了，还没有服役期满。当然不是因为安德烈。是她实在不适合军人的生活，她天性太自由放浪。起初，当兵是父亲的意志，而复员，则是她自己的主张。父亲没有拗过她，暗地里还是帮了忙，尽管他还未“解放”，但总还是有人脉。结果，姜友好虽然没能回到北京，但毕竟被分配到了那座城市最好的医院里。很快地，在这座城市，她就拥有了自己的生活圈子，有了一群朋友。

是她把安德烈拉进了这个圈子里。

当然，这城市不算大，这圈子里原本也有认识安德烈的人。就像滚雪球一样，你认识我，我认识他，渐渐地，大家就滚成了一团。

安德烈家里没有电话，她写信约他见面，他来了，看见穿便服的她，安德烈说："姐姐你真的复员了？"

姜友好回答："当然是真的，"她指指身后医院的大门，"要不你进去问问？"安德烈笑了。这是他们认识后，她第一次看见这个美少年的笑容。她觉得像是突然被阳光晃了眼睛。

"喂，你猜我下一步计划干什么？"她笑着问他。

"干什么？"

"等你长大，嫁给你，"她说，"让你娶我。"

她以为安德烈会大惊失色，会惊慌不已。可是没有。安德烈听了，认真地看着她，摇摇头："不行，姐姐，"他说，"我不会娶你的，你千万不要等我。"

姜友好哈哈大笑，推了他一把："逗你玩呢！"

她说。不过她马上感到了好奇，“哎你为什么不娶我呀？我不算漂亮吗？拒绝我的人，你可是第一个呀！你是不是觉得自己特好看啊？”

安德烈笑了：“我是好看啊。很多人想当我的女朋友。可我已经有女朋友了。”

“你才多大就有女朋友了？”姜友好板起了脸，“不能这么早谈恋爱知不知道？”

“你这么说话像我妈妈。”安德烈说。

姜友好笑了：“你女朋友是谁啊？说给我听听。”

“不告诉你，”安德烈说，“但我可以告诉你的是，不管将来我女朋友是谁，我都不会娶。我不结婚。”

这下轮到姜友好吃惊了：“为什么呀，安德烈？”

“我不说，”安德烈回答，“不想说。”过了一会他强调，“叫我安向东，这是我的名字。”

这美少年，他不快乐。姜友好想。她其实有点懂得他不快乐的原因。那就让他快乐起来吧。

当天她就带他去了一个聚会，是在一个住在省府大院的朋友家。那天的来人中还真有认识安德烈的，果然是个女孩儿。他们说起学校的事，挖防空洞什么的，那女孩儿的妹妹和安德烈在同一所学校。

“我妹说，你们班男生欺负你，是吗？”女孩儿忽然这么问。

“没有。”安德烈从容地否认。

这个朋友的父母都不在家，刚刚去了“中办学习班”，那学习班在外地。家里没有家长，完全由着他们这些孩子折腾。那天他们煮了一大锅西红柿挂面，开了几个午餐肉罐头，炒了一大盘醋熘土豆丝，戳了两瓶白酒在桌上。大家又吃又喝又吵又闹，但安德烈始终是安静的，滴酒不沾。有人硬把酒杯塞给他，姜友好拦住了，说：

“他还是学生，不能喝酒。”

“靠，咱哪个不是当学生的时候就喝酒了？姜友好你敢说你不是？”

姜友好回答得斩钉截铁：“他不一样。”

“他是不一样，”那人嘻嘻笑着回答，“哪个苏联人不喝酒？”

姜友好顺手把自己杯中的酒泼到了对方脸上。

“姑奶奶说不能喝就不能喝。”

回家的路上，安德烈对姜友好说：“姐姐，其实你不用替我拦着我也不会喝，我答应过我妈妈，我妈说我外公就是一个酒精中毒的酒鬼,那是她的噩梦。我妈说她嫁给我爸和他跑这么远来到这里,很大的一个原因就是,中国男人不像苏联男人那样酗酒，尤其是那些在苏联的留学生培训生什么的,他们有纪律管着,更是模范。我爸就是没有纪律管着也不喝,他不爱酒。”他停顿了一下,“我也不爱。”又停一下,“我不能爱。”

“安德烈——”

“我是安向东,”他打断了她,“我叫安向东,姐姐。”

姜友好的心里，真的涌起了怜惜。城市的夜晚,黑暗而荒凉,他们同骑一辆自行车,他带着她。她默默地从后面搂住了他的腰,把脸贴在了他完美到无懈可击的脊背上。那一刻,她真觉得自己有了一个弟弟，这座非亲非故的城市给了她一个混血的、身份难堪的弟弟。她会保护他，她想。安德烈，不，安向东，我会保护你。

可是他出事了。掉进了防空洞里。是被人推下去的。股骨粉碎性骨折。伤愈后，瘸了。

瘸了一条腿的安德烈，变了一个人。

起初，出事时，学校把他送进了附近的一家医院，做了手术，打了钢钉。那医院从前骨科很强大，但恰逢其时，一切都不正规，手术不成功。情急之下，姜友好帮他转到了自己供职的医院，重新做了第二次手术。

这仍然不算是一次完美的手术。

姜友好天天去病房看他。就是这时候她认识了娜塔莎，也认识了安德烈的妹妹安霞。安霞比安德烈小两岁，和安德烈截然相反的是，猛一看，就是一个肤色白皙的中国女孩儿，五官轮廓完全是父亲的样子，认真看，才能看出她眼睛的颜色是深棕色的，那种接近黑色的、本分的棕，让人踏实和安心。

没有见过安同志。安同志在“学习班”，不能自由行动。

安德烈的腿打了石膏，高高吊着，固定在病床上。他沉默，一天也说不了几句话。来探望他的也都是女同学，姜友好想从她们中间找出那个“女朋友”，却一无所获：她看不出异常，他对她们一样的礼貌和漠然。没人的时候，姜友好忍不住八卦地问道：“哎，哪个是你女朋友？告诉我呗。”

“姐姐你还真信啊？”安德烈冷冷地回答。

那神情和语气，让姜友好感到怪异和陌生。

窗外，麻雀喳喳叫着。树叶开始飘落，天凉了。安德烈望着窗外的天空，忽然问道：

“姐姐,我会不会变成一个瘸子？”

姜友好回答说:“想什么呢？你见过谁骨折了变瘸子的？现代医学治不了癌症还治不了骨折了？”

他嘴角轻蔑地翘翘。

“我有不好的预感,”过了一会儿他这么说,“要是我真瘸了,我宁愿死。”

姜友好一把捂住了他的嘴。

“安德烈你听好了,你要再敢说这些话,你要敢这么想,我——”她恶狠狠地瞪着他,“你信不信我现在就掐死你？”

他慢慢移开了她的手。

“听我讲个故事,”他说,“就是那年,去北京的时候,在一辆公共汽车上,我遇到一个女孩儿。那天车上人不多,我一上来,就看见了她,”他微微笑了,“没有人会看不见她,真美啊！我从来没见过这么美丽的姑娘,穿一件蓝印花布中式上衣,脑后梳一根独辫,神态就像仙女。以往,走到哪儿,我都是那个被注目的人,可是那天,她的一双黑眼睛就像巫术一样把一车人的魂儿都吸进去了。这是我第一次遇到了一个比我美丽的人,一个让我呼吸不畅的人……车到了一个站上,停了。她站起来,朝车门走。一车的人这时都倒吸一口气。她摇摇摆摆走着,腿有严重的残疾,一看,就是小儿麻痹后遗症,瘸得非常厉害。她在一车人的注视下走完了那几步路,一切都毁灭了,真残忍哪,也真羞耻。我就站在车门那里,因为惊愕,我都忘了给她让路,我永远忘不了她对我说‘请让让’时那种羞惭的神情……姐姐,你愿意让我变成那样？”他望着姜友好说。

姜友好拼命摇头:“你怎么会那样？瞎说,你根本不会变成那样。”但姜友好知道自己是色厉内荏，因为，事情很可能“是那样”，他的状况，不乐观。可她仍然嘴硬：“就算瘸了也不会那样——”

“那是什么样？”他笑了，“你告诉我。”

“你当然还是你——”

“安德烈吗？”他犀利地看着她，“你总是忘了我是安向东，我一直努力做一个安向东，可是我永远做不成。假如有一天我回到我母亲的故乡，在那里，恐怕也没有人把我当成一个纯正的安德烈。我只是个中苏混血儿，对吧？好在我这个中苏混血儿还算好看、漂亮，那是我仅有的一点东西，假如我连这个也没有了，那你让我靠什么活？”

姜友好眼睛渐渐湿了，她握住了安德烈的一只手，把它贴在自己脸上：“我不知道，安德烈，”她轻轻说，“我从来不追问，我不思考这些，为什么要思考？为什么不尊重生活的神秘感非要破解它？你破解得了吗？傻孩子，你学学我，活得就容易了。”

半年后，八个月后，一年后，最后一次复查终结了，所有人终于放弃了幻想，承认了那个不好的结局。

股骨干严重受伤缺损，加上手术的失败，安德烈的一条腿无可挽回地变短了。比起小儿麻痹后遗症那一类残疾，他瘸得不能算厉害，可是，他不是别人，他是水仙花少年。

他把自己关进房子里，不见人。

医院组织巡回医疗队，上山下乡。姜友好跟着医疗队去了南部的中条山。临行，她去了一趟他家。可是，他不见她。任凭她怎样敲他家的门，他也不开。只是说：“你走吧，姐姐。”声音平静而冷漠。

他母亲娜塔莎追出来,说:“友好,怎么办?他要毁了。”娜塔莎突然迸出了哭声,“他开始问我要酒喝了。”

她们站在拥挤狭窄的楼道里,对望着,没有谁来救她们。门里,是那个绝望和无辜的、正在放弃自己的孩子,她们束手无策。她们都没有办法还给那孩子完美,神没有应许她们。楼梯旁一小扇肮脏的玻璃窗外,是彩霞满天的黄昏,流金溢彩,美如梦境,一束光涌进来,网住了轻轻哭泣的娜塔莎。姜友好默默地上前,拥抱了一下她,转身离去,她不想让那个母亲看见自己眼里的泪水。

一年后,等到姜友好从南部乡下回城,再见到安德烈时,她几乎没有认出他来。那是朋友们为她接风的聚会,他来了。姜友好一抬眼,看到眼前站了个陌生人:又高,又臃肿,皮肤粗糙,眼睛混浊,满脸的粉刺，红肿着，浓浓的、不洁的络腮胡须，满身的酒气。姜友好惊得半天合不上嘴，许久，她小心翼翼问：

“我该叫你什么？安德烈还是安向东？”

“随便，”他笑着回答，“哪有那么多事，爱叫啥叫啥。”

他用水杯喝酒，是那种玻璃水杯，满满一大杯白酒几口就光了，和人叫板时，咕嘟咕嘟一口闷，喝得凶猛而贪婪。他就这样无可救药地朝着那个酒鬼的宿命坠落。还没终席，人就像一摊烂泥一样瘫倒在了地上。姜友好想把他拖起来，拽起来，朋友们就说：

“别管他了，每次都是这样，”他们若无其事地说，“开始大家还送他回家，时间长了，就烦了。哎，这次又是谁叫他来的？谁吃饱撑的把他叫来了？”

大家你看我,我看你,都摇头。

没人叫他来，没人找麻烦。可是这不大的城市,他们这些人相聚的地方也就这几处,他总能寻着酒味儿而来,来了,就赶不走他。一个酒鬼的自尊心算什么呢?早就让人踩成一堆烂泥了。姜友好听他们你一言我一语描述，低头望着地上的那个人,慢慢问道:

“不管他,就是说,就让他这么躺着?”

“对,就躺着呗。”

“那你们走了呢?你们都走了，他还一个人躺在那儿?躺在这脏地上?”

“那倒不会，这几个地方的服务员都认识他，他们有办法吧?大不了把他抬到门外躺着,风吹着酒醒得快。”

姜友好不说话了。她沉默一会儿,然后抬起胳膊指着大门，轻轻说道："滚！"

他们没听清："什么？"

"滚！"她大吼一声，"滚——"

"你疯了姜友好？"做东的主人，她父亲老部下的儿子，也喊起来，"为了这么一个中苏混血儿，你六亲不认了？"

她随手抄起一只饭碗，朝地上狠狠一摔，碗碴飞迸："我以后要是再和你们这群王八蛋交往，我就和这碗一样不得好死！滚！"

"疯子！花痴！你也不看看，他还是以前那个小白脸吗？就这死狗眉竖，你也稀罕？"

"啪"一声，一只碗就飞到了他脸上，登时，那额头上就见红了。血顺着眉骨流下来，流到他眼睛里，虽说店堂里除了他们这桌没几个客人，却也引起一片尖叫、惊呼，乱成一团。姜友好跳到了凳子上，居高临下，指着他鼻子骂道："×你妈满嘴喷粪！你瞎眼了敢欺负我弟弟！告诉你们，谁他妈以后敢欺负我弟，姑奶奶我活剥了他——"

那天的结局是，她的眼睛也变得一团乌青。父亲老部下的儿子一拳砸到了她的眼睛上。人们拉开了他。他也知道对一个女人动粗胜之不武。他们一群人围着那受伤的人走了，去医院包扎。她就坐在那一堆狼藉之中，等着安德烈醒来。

天黑了。就快打烊了。店堂里一片寂静。外面，偶尔有汽车驶过的寂寞的声音。这城市的夜晚，有种比自然更深邃的荒芜。

一个服务员壮着胆子走到了姜友好身边。

"同志，我们快下班了。"服务员说，"你试试能不能叫醒他？"

就在这时，一个人进来了。姜友好看见那人，

“哎呀”一声，得救似的叫起来：“安霞！是你呀，你怎么来了？”

安霞说：“我来找我哥。”

“你怎么知道你哥在这儿？”

“我不知道，”安霞安静地回答，“我一家一家找。这个时间，他还不回来，我妈就让我们出来找他。他常去的那几家，我一家一家找，总能找到。”她望着睡在地板上的哥哥，“找到了，就是这个样子……”

姜友好一阵鼻酸。

“嗨，你进来吧！”安霞冲着外面喊了一嗓子。一个大男孩儿应声而入，是个像运动员似的健壮的孩子。“这是我朋友。”安霞对姜友好说，“他会骑三轮车。”

那天，他们几个人合力把他抬到了三轮车上。

安霞抱着她哥坐在车斗里，对姜友好说："我们走了，谢谢你。"

一辆借来的、载货的三轮车，两个孩子，经常在这城市的夜晚，载着一个沉醉不醒的酒鬼，一个酒精中毒者，穿街过巷。男孩儿在前边骑，女孩儿则把那酒鬼抱在怀里坐在后边的车斗里。有月亮或者没有月亮，下雨或者天晴，情愿或者不情愿，没有选择。那是她哥哥。她不幸的亲人。她抱着他就像一个小母亲。

一周后，安德烈来了，来找姜友好。那天是星期天，姜友好在家，她开门看到门外站着的安德烈时，并没有吃惊。她默默地闪身让他进来，她知道他会来。

这天的安德烈，看上去，清爽了一些，至少，衣服是洁净的。他望着坐在对面的姜友好，说的第一句话是："我七天没碰酒了。"

姜友好没说话。

"可我不知道我能坚持多久。"他说。

姜友好还是没说话，因为她也不知道。

"他们说，你为我打架了。"他看着姜友好那只瘀青还没退净的眼睛，说道，"抱歉——"

姜友好摇摇头："安德烈，你该说抱歉的人，不是我，"她回答，"你最该说抱歉的，是安霞。"她这么说的时候，鼻子突然酸了。

"我知道。"安德烈闷闷地说，"每次去找我的，去把我弄回来的，都是安霞。我爸不在，我妈不敢去找，她说，她一个苏联女人，满城跑，让别人看见，会给我添更多的麻烦。所以，也就只剩下我妹了……"

"安德烈，"姜友好说，"你不知道那有多让人难过……为了她，戒了吧。"

安德烈沉默不语。

隐隐地，听见了鸽哨的声音，细碎、悠扬。这城市最美的季节到了，秋天到了。天变高了，有了一种别的季节没有的空净澄明。姜友好起身，泡了两杯绿茶，端了来，说：

"喝茶吧，我们家乡的茶。"

他笑了笑，说："不喝了，我就是来跟你道个歉，走了。"这一笑，隐约地，有了一点从前那个安德烈的影子，"不再打扰了。"

她没有挽留他，她真不知道该跟他说些什么，她仍然没有足够的准备来接受这样一个安德烈。他跛着腿，走到门前，那一跛一跛的姿态，让她心痛。他握住门把手，停了一停，回头说道：

“这些日子，我一直在想，不知道我妈妈的家乡是个什么样子，”他又一笑，说，“那茶的颜色真漂亮，再见——”

他走了。

姜友好后来想，那天，自始至终，他没有叫她姐姐。

那是姜友好最后一次见他。

“他是去跟你告别的。”杜若说。

“是，”姜友好回答，“可我当时没意识到。不久，他跟他妈妈说，想出去散散心，想去爬华山。他妈妈答应了，给了他钱。这一走，从此就没了音信。”

菜凉了，酒也凉了。少年的故事告一段落。杜若起身，热菜、温酒。她端着热好的冬瓜汤回到桌

前坐下,姜友好举起了酒杯说:

“添酒回灯重开宴。”

杜若举起杯来，回了一句:“相逢何必曾相识?”

“杜若你这句不对,”夏莲也举起了杯子,“姜友好可不是天涯沦落人啊。”

杜若笑笑,望着姜友好,说:“骨子里是。”

姜友好把杯中的酒一饮而尽,重新斟满了,郑重地举到了杜若脸前:“杜若,从今天起,不管你愿不愿意,我是交定你这个朋友了。”

杜若没有回答，只是把杯中的酒，一口饮干了。酒使她的眼睛里波光粼粼:“姜友好,我能像安德烈一样,叫你姐姐吗?”

“当然可以。”姜友好说。

“姐姐。”杜若叫了一声。突然热泪满盈。

许久，姜友好轻轻说:“杜若，你喜欢安德烈吧？”

雪还在下,纷纷扬扬,天渐渐黑了。她们没去开灯。窗外别人屋顶上厚厚的积雪,闪着微光。杜若望向了窗外,说:“冰天雪地,他会在哪儿？”

“不知道。”

“我喜欢安德烈,姐姐,”杜若说,“是那种遥远的喜欢。就像我喜欢星星,喜欢流云,喜欢江河,喜欢黄山的云雾和古希腊雕像,一句话,我喜欢美。我并不想拥有它们，只是远远地喜欢着，就很满足。但那是今天之前,今天之后,一切都不同了,从今往后,这世界上,多了一个让我牵挂和心疼的人,我心疼他,姐姐……”

姜友好懂。

她们就这样成了朋友。

几乎每个星期天，杜若都要来姜友好家，来了，就一起做好吃的。夏莲如果不跑车，也会过来凑热闹。姜友好家是杜若最好的舞台。夏莲从北京输送来的那些肉、蛋之类的食材，正好让杜若大显身手。面对着一桌佳肴，姜友好常常惊叹不已。

“杜若，你小小年纪，这厨艺是跟哪位大师学的？”

“赵佩兰大师，”杜若玩笑地回答，“在下的家母。”

“好羡慕啊！”姜友好说，“有个厨艺如此了得的妈妈，太幸福了。”

“是。”杜若说，“我妈热爱烹饪，而我爸又是个吃货，他的味蕾天生比别人丰富，他俩堪称珠联璧合。所以我妈就是炒一个白萝卜丝，也尽心尽意，比别人炒的好吃太多。就像现在，什么都缺，什么都没有,可我妈总会绞尽脑汁让每一顿饭都尽量可口,因为我爸的人生信条就是:吃饭无小事。”

“听你这么说，我都惭愧了，”姜友好说,“要不,也让我家人帮你家采买东西？让夏莲一块带回来？”

“那怎么可以？绝对不行！”杜若郑重地拒绝,“我爸的另一个信条就是:不给别人添麻烦。”

“那你就把我这里的东西带回去些，咱们分享。”

“更荒谬了。”杜若回答得斩钉截铁,“我爸还有个信条,就是:君子不吃嗟来之食。”

“你爸怎么有那么多信条？”姜友好笑了。

杜若也笑了。

“其实,我爸妈南方老家那边也有家人偶尔会接济我们,给我们寄些腊肉腊肠、霉干菜笋干之类的，而且我们南方人，每人还多供应几斤大米，比起这城市的许多人，已经好太多了。”杜若说，“我妈常说，好日子谁都会过，能把匮乏的、困难的日子过得有尊严又有滋味，才是了不起。”

“你家的人简直都是哲学家，”夏莲笑着说，“简直太恐怖了！”

“你妈这话，我听另一个人也说过类似的。”姜友好若有所思地说。

“谁？”

“娜塔莎。”姜友好回答。

哦，安德烈的母亲。杜若想。那个传说中的女人。

下一个星期天，在姜友好家里，意外的事情发生了。杜若进门来，看见一个丰硕的、有些臃肿、远远谈不上美丽的异国女人，正端着一只碗，在搅拌着什么。姜友好说：

“杜若，这是娜塔莎。”

走了这么远的路，从一九五八年，到现在，她们遇见了。

几年前，安同志去世了。死于脑溢血。那时他还在“学习班”，不能回家。据说他早晨就剧烈头疼，中午没吃饭，下午就昏迷了。夜里，传呼电话找她，是他们单位的人，通知她去某某医院。她去了，看见他躺在急救室的床上，人已经不行了。

火化时，送行的除了殡仪馆的工作人员，只有娜塔莎和安霞。安同志的问题，还没有“定性”，为了避嫌，没人敢来吊唁。在火化炉前，娜塔莎最后亲吻了安同志，没有哭。

之前，她曾不止一次对安同志说：“你要答应我,不能走到我前边,你要走我前边,我会恨你。”

安同志回答说:“我答应你。”

她又说:“你还要答应我,将来,我死了,你要送我回去。”

安同志说:“我答应你。”

这样的一问一答,信誓旦旦。可实际上,他们都知道,那是多么的不靠谱和渺茫。他们躺在床上,他搂着她,心里一阵一阵苍凉。安同志知道,在遥远的她的故土,妻子也早已没有亲人了。她的父亲和哥哥,都死于卫国战争。母亲则在战后不久病逝。安同志认识她时,她就已经是一个孤儿,也因此,安同志当初才非常自信和意气风发地对她说:

“跟我回中国,我会给你一个最幸福的家。”

显然,他食言了。他没能使她感到“最幸福”。他也没能做到,走到她后面,送她魂归故里。

她把安同志的骨灰盒抱回家，安放在他们的卧室里。她说："我知道你不舍得走，你在等安德烈回家。"夜深人静，有时，她会听到房间里传出轻轻的叹息声，她问道："是你吗？"听不到回答，她就在黑暗中坐起来，一支接一支吸烟。

她想念他们，安同志，还有，亲爱的，亲爱的安德烈。

安霞也去插队了。安霞插队的地方，不算太远，属于这城市的远郊区，家里，就只剩下了娜塔莎一个人。现在，她想念的人里，又多了一个。

几乎没什么人和她来往。她曾经在这座城市的图书馆上班，工作就是翻译一些外文资料，但多年前她就因为身体的原因办了"病退"，吃劳保。她得了肺结核。那时中苏交恶，她病退得也正是时候。多年来，她蜗居家中，做主妇，与从前的同事早已断了往来,邻居们也都是点头的交情,谁愿意和一个苏联女人扯上关系呢？曾经，有一个女教师，是中苏混血儿,她们有过几年的友谊,后来,一九六六年之后,这友谊就戛然而止了。

在这城市,她举目无亲。

后来就认识了姜友好。

当然是因为安德烈。是她的安德烈,让她认识了这个热情、冲动、古道热肠的姑娘。她猜,那是上帝对她这个流落异乡的母亲的怜悯。

这城中,只有这一个人,敢来敲开她寂寞的房门,和她谈安德烈,听她讲安德烈的种种故事。起初,姜友好来时会问娜塔莎:“有消息吗？”渐渐地,时间长了,就不再追问。不是不想,是不敢。她们彼此都顽强地、坚忍地相信着一件事,就是她们的安德烈,娜塔莎的儿子和姜友好的弟弟,一定还活在这个世界上。她们嘴里不说但其实心里都在猜测着一个最大的可能,那就是,他越过了国境线,回到了他母亲的故国。

这种猜测，让她们有一种罪恶的、隐秘的安心。

姜友好来,常常会带一些吃的,有时是一块牛肉,有时则是一盒咖啡。总之都是雪中送炭。娜塔莎会留她吃饭,给她做她喜欢的俄式菜肴,她也会把自己的事讲给娜塔莎听,她一次次热闹的恋情,那些呼啸的、死去活来的追求者,等等。终于,她安静了,安静地走心地爱上了一个人,把自己嫁出去了。

娜塔莎送了她一块琥珀吊坠和一条银链做结婚贺礼。那是她从故国带出来的不多的几件纪念物中的两样。她对姜友好说:

"友好,结婚后,你就别再来了。"

"为什么?"

"你丈夫是现役军人,为了他,你要避嫌。"娜塔莎郑重地回答。

姜友好愣住了,显然,她没想到这个。她认真思索了片刻,说:

"娜塔莎,你早入了中国籍,早就是中国人了。我为什么不能和一个中国人做朋友啊?"

可是,话虽如此,姜友好自己也知道,娜塔莎的话,是有道理的。她不是真的不懂轻重利害。婚后,她不再去看娜塔莎,不再和她有任何联系。可她心里却有着愧疚,觉得自己和所有人一样,抛弃了娜塔莎。

那是对安德烈的背叛。

她永远记着那个孤独迷惘的少年,站在阳光

下，叫她姐姐。仅此一声呼唤，就是一世的亲人。她甚至猜想，那最后一次见面，他其实是隐晦地、曲折地，把娜塔莎托付给自己了。记得临出门时，他说的最后一句话，是他的妈妈，以及妈妈的故乡……

她和她的海军军官郑渡江说起过娜塔莎，也说起过她的愧疚。郑渡江是某部的作训参谋，他安慰妻子说："友好，就先听娜塔莎的，等过两年我转业了，咱俩一块去看她。"

姜友好明白了。她不能给丈夫惹麻烦。

但是冥冥中一定有什么在帮忙，杜若来了。

婚后一年多来，姜友好第一次联系了娜塔莎，她给娜塔莎写了一封短信，信上说，一个朋友，特别想学做俄式菜肴，不知道娜塔莎能在这个星期天来家里教授一下吗？她在信的末尾写道："娜塔莎，这个小朋友，你一定会喜欢，因为我喜欢她，哦，对了，她是安德烈的同学。”

她知道，有了最后这句似乎是轻描淡写的话，娜塔莎一定会来。

姜友好说：“杜若，这就是娜塔莎。娜塔莎，这是杜若。”

杜若一时手足无措。

星辰似的娜塔莎，月光似的娜塔莎，不应该是这样一个肉身的人，一个气味浓烈的人，有着结实的下巴和硕大无朋的胸部，系着围裙，站在她面前，手里捧着一只碗。她觉得有一种压迫感，如山的肉身对她的压迫。她感到自己呼吸都变得急促起来。

“杜若，”只听姜友好叫她，“娜塔莎来，是来教你做西餐的。”

“哦——”杜若慌乱地回答，“谢谢您。”又补一句,“太谢谢您了——”

娜塔莎看看她,没有寒暄,说道:

“来,洗手,我先教你做蛋黄酱。”

原来她正在搅拌蛋黄酱。那是做土豆沙拉必备的酱料。将新鲜鸡蛋磕进碗里,只取蛋黄,加一点花生油进去,用筷子不停地朝着一个方向搅拌,等到蛋黄和油充分融合,再继续添加食用油,接着搅拌,再加油,再搅拌,如此循环往复,直到蛋黄变成如奶油般浓稠缠绵,蛋黄酱就算是大功告成了。做法简单,但要有耐心,也要有一些技巧。

杜若接过了娜塔莎递过来的瓷碗,渐渐地,她的心静了。一切有了真实感。与食材、炊具一起置身于厨房,在这日常的场景中,杜若如鱼得水。搅拌这点小技巧,她一点就通。但她觉得奇妙,蛋黄、油,如此简单,却能催生出另一种物质,犹如新生命。这让她心生喜悦。

“人真是聪明。”她忍不住这样说。

“这算什么？”姜友好笑道，“人都登上月球了，一个蛋黄酱还值得感叹？”

杜若回答：“那种聪明和我无关。太大了。我只能被小聪明、小收获感动。”她回头望着那个师傅说：“娜塔莎，谢谢你。”

她脱口叫出了她的名字，也没有再说那个敬语：您。她真心地喜欢这样有收获的一天。

娜塔莎说：“今天教你土豆沙拉和红菜汤，你要是还想学别的，就到我那里去，我那里厨具齐全。”她望着她微微一笑，“当然，你要是不介意的话。”

杜若收敛了笑容。她想，这个苏联妇女，这个壮硕的母亲，这就是安德烈的妈妈啊。安德烈的妈妈在教她做菜,多么不可思议,简直有天方夜谭般的奇幻。她忽然觉得幸福来得太突然:“介意?”她回答,“我当然介意,我很荣幸。”

姜友好笑了。她知道事情成了。

那天的土豆沙拉和红菜汤，是杜若的西餐启蒙。正确地说,是不算纯粹的俄式西餐。娜塔莎的红菜汤,早已因为照顾安同志的口味,被不知不觉改造过了。就像几十年后遍布世界各地的宫保鸡丁、咕咾肉一样,早已不是原本的滋味。可杜若不知道,就是知道了,又有什么关系?她仍然会认为,这是世界上最好吃的红菜汤。

娜塔莎那天并没有留下吃饭,她执意要走。她说:“友好,饭我就不吃了,我家里还有事。”姜友好知道她家里没事，却也知道她是不想逗留太久,一是避嫌,二是逗留越久,越难以割舍。特别是几杯酒入肠,怕是会更加伤感。姜友好笑笑,说:“行,你走吧娜塔莎,千里搭长棚,没有不散的宴席。”姜友好那天特地戴上了娜塔莎送她的琥珀项链,那是一块古老的波罗的海琥珀。娜塔莎伸手摸了摸那晶莹剔透的宝贝,说:

“它真适合你,亲爱的。”

姜友好一下把她抱住了,红了眼圈。姜友好紧紧搂着她,说:“对不起,对不起,对不起娜塔莎——”

许久,娜塔莎说道:“友好,你是我见过的最善良的人。你已经为我们做了太多太多,又不是生离死别,我们总还会见面的不是吗?”

姜友好松开了手,说:“再见!”

娜塔莎努力地微笑,说:“再见!”

那一刻,杜若有些明白了,她们其实是在“生离”。

还明白了一件事，姜友好，是把娜塔莎托付给自己了。

三　杜若与娜塔莎

杜若是普通人家的孩子。

杜家一家五口人，住在父亲单位的宿舍公房里，是两间青砖灰瓦的平房。生活谈不上富足，也绝不算清苦。父母的薪水不高、不丰裕，却也不很低，再加上母亲善于持家，所以，他们的日子，过得衣食无忧，在那个年代，几乎算得上是小康了。

杜若父亲供职的这家研究所，叫“中医研究所”。但杜若的父亲并不是中医，他毕业于南方的某个医学院，毕业却被分配到了这个严寒、干旱、物产不丰的北方城市。那时，这家研究所刚刚成立，设立了附属医院，是我国的新事物，提倡中西医结合，病理、化验、影像这些现代医学手段一样也不能缺，于是，杜若父亲就被分配到了这家新医院的放射科，做了影像学医生。

命运真是奇怪，杜医生不信中医，却将要在一家中医院里度过未来的岁月。他不吃中药，却几乎是在第一时间就喜欢上了晾晒在太阳下的那些草药的气味。他也很喜欢看人将草药在碾槽里碾碎的那种劳作，喜欢那些中草药的名字，淡竹叶、六月雪、茵陈、钩吻，念起来，意境悠远，像一个个曲牌、词牌，有诗意。总之，杜医生是有些文艺气质的，他以审美的态度看待这个他将要贡献一生的地方。

孩子们出生后，他给他们起的名，都是草药名：杜若、杜仲、茯苓。

杜若妈说："怕人家不知道你在哪儿上班啊？你是有多喜欢这里？"

杜若母亲赵佩兰女士，是内科大夫，也是杜医生的同学。但赵大夫真正热爱的不是医生这个职业,她不热爱任何职业,她热爱家庭生活。她的理想,是做一个有知识的家庭主妇。

杜医生说:“你呀,当初该去读家政系。”

赵女士说:“那我还怎么嫁给你?”

杜医生说:“你本来就不该嫁给我，你应该嫁给一个大教授，住在清华园或者北大的什么园里，做太太。嫁给我,委屈你了。”

“下辈子吧。”赵女士宽宏大量地说,“这辈子就这么凑合吧。也就这么几十年，一眨眼就过完了。”

赵女士擅烹饪,厨艺一流。杜医生则天生味蕾丰富敏感,是美食家的坯子。两人也算高山流水的知音。赵女士是钟子期,杜医生则是俞伯牙,一个会做，一个会吃。而他们寄居的这座北方内陆城市，在许多时候，是贫瘠的，样样都缺，俗语说，巧妇难为无米之炊啊。可不是还有另一句话吗：沧海横流，方显英雄本色。说的就是赵女士了。

在艰难的日子里，赵女士绞尽脑汁，使他们家的餐桌，尽可能不显贫乏、粗陋。两毛钱的猪肉，也能变出花样，肥的切片，煸成金黄色，煸出油来，加酱油加糖，红烧小萝卜；瘦的切丝，炒蒜苗、炒青椒、炒芹菜或者炒榨菜，再烧一个冬瓜粉丝虾皮汤，或者西红柿土豆浓汤，就是一顿有荤有素、有菜有汤、色香味俱全的正餐。每月供应的猪肉，再少，也要将一部分肥膘炼一些猪油，存起来，没肉的时候，猪油就是救场的法宝：一碗素面，加小小一勺猪油进去，哦，天地变色，换了人间。

杜医生常常感慨："一箪食一瓢饮，回也不改其乐。"

杜若就说:“备注,这一箪食一瓢饮,得是我妈加料的,否则,您也照样不堪其忧。”

杜医生就笑,说:“是我运气好啊。”他看着大女儿,说,“杜若,将来,谁娶到你,也是福分啊!我可不舍得让你像你妈一样,为一日三餐这样呕心沥血。你要跟那个浑小子说,你不会做饭。”

杜若夸张地叹口气,回答说:“爸,可我和我妈一样,就喜欢做饭啊。”

是,耳濡目染,杜若得到了母亲的家传,在这城中,有她这样厨艺的年轻人,怕是鲜见,而像她这样热爱烹饪的,就更是凤毛麟角了。

下一个星期日,杜若就去了娜塔莎家。

看上去,也是一栋普通的三层楼房,红砖到顶,陈旧的楼梯,一门两户。娜塔莎家在三层,从前,安同志还是这家设计院总工的时候,这一层中的两户被打通了,住了他们一家,十分宽敞。如今,打通的房间早已被封闭,另外一边,搬进了别人,割让出去了一半。可尽管如此,在这座城市,也算是优渥的居住环境了。

两间房屋,向阳,背阴的一面是厨房和卫生间以及一间没有窗户的小杂物间。那两间向阳的房间,一间大,一间略小。大的那间,用一排书柜隔断,一边做了客厅和餐厅,另一边则是娜塔莎的卧房。客厅里,有一个深枣红色丝绒双人沙发,有波斯铜盘做桌面的小茶几,有铺着亚麻台布的餐桌,有胡桃木雕花的玻璃餐具柜。柜子里,陈列着一些漂亮的瓷盘,而柜子上,则摆放着家人的照片。一眼,杜若就看到了安德烈。

那是一张单人照。背景是天空。天空下,站着一个忧郁的少年。他穿着最平常的白衬衫,风吹乱了他的头发,他微眯着眼睛,像是眺望。呼之欲出的美啊。杜若望着他,想,原来你是生活在这样的地方,可你,偏说自己是安向东。

忽然就感到了一阵刺痛。

“你们是同学?”身边响起了娜塔莎的声音。

“是。”杜若点点头,“不一个班,他不认识我。”杜若微微一笑,“可我认识他。”

“他好认,”娜塔莎说,“特殊。”

“他美。”杜若说。

娜塔莎愣了一愣。有些惊讶她的直率,还有她的措辞。她不说好看,不说漂亮,她说美。

“是,”娜塔莎说,“我也曾经为这个骄傲。”她伸手抚摸一下照片上那张无懈可击的脸庞,“可是也太容易被摧毁。”

“不,那要看怎么说,至少我记住的,就是这样的安向东,照片上的安向东,”杜若回答,她还是不习惯叫他安德烈,“永远的大卫,永远的纳喀索斯,永远的……美少年,不会变。”

她在安慰一个母亲。娜塔莎知道。善良的姑娘,她想。在沙漠般广漠的敌意和冷酷之中,这一点善意,就是绿洲。阳光洒满房间,从厨房里飘出了一股浓郁的香气,娜塔莎说:“哦,面包烤好了,跟我去看看。”

那是杜若第一次看到一个面包的诞生。从烤箱里取出,皮色油亮焦黄,热气腾腾,芳香四溢。她惊喜地问道:“这就是俄式大列巴吗?”

“是。”娜塔莎回答,“本来想烤一只黑面包,怕你吃不惯。其实,配牛肉或者鱼,黑面包才更正宗。”

就这样开始了。杜若和娜塔莎之间的故事。厨房里的故事。那厨房很宽敞,远非杜若家的小厨房可比。有稀罕的电烤箱。灶台阔大,房间中央安放一张大方桌,既是操作台,也是主妇休憩喝茶的地方。墙角处,整齐地码放着一堆劈好的果木柴和蜂窝煤,这座城市,还没有煤气和天然气,家家户户烧煤做饭。墙壁上挂着几只黄铜的煎锅,擦得光亮如镜。那煎锅,真是古朴漂亮。

那天,娜塔莎教杜若做了炸猪排,以及酸黄瓜的腌制方法。她留杜若吃饭。她说,一个好大厨,要亲自检验自己的劳动成果呀。杜若也就没有客气。娜塔莎一边在餐桌前摆放刀叉餐具,一边说:“这餐桌,好久不用了,家里的男人们不在后,我和安霞,就不在这餐桌上吃饭了。”

她们俩,正式地,一个桌头,一个桌尾,对席而坐。镶金边的白瓷盘,沉甸甸的银餐具。菜式却是简单的酸黄瓜配小小一块炸猪排。盘子硕大,越发显得猪排瘦小伶仃。新烤的面包在筐子里，切了片，放在餐桌正中央。没有奶酪奶油,却配了一小碟中国的豆腐乳。鲜红的腐乳,白瓷碟,鲜明如画,却有一种挣扎在里面似的。

“安德烈的爸爸，喜欢吃腐乳。他喜欢用新烤的面包配腐乳吃。”娜塔莎这么说,“时间长了,我也喜欢上了。”

娜塔莎凝视着碟子又说:“安德烈也喜欢。”

原来是这样，杜若想。她伸手取来一块面包，无师自通,用手边的黄油刀切下一小块腐乳,涂抹在面包上,咬了一口,微酸的面包和咸香的腐乳,以及酥脆的面包皮,搭配起来,果然,是好吃的。杜若笑了,说:

“我中有你，你中有我，妙。就像——”她想想，“友好的名字。”

娜塔莎也笑了，说：“杜热(若)，你真是个有趣的人。”她汉语很流利，不知为什么却总是发不好“若”这个音。“我天天吃，也想不出这样的形容。怪不得友好一定要让我们认识。其实原本我有顾虑，后来想，是友好的朋友，一定是和友好一样好的人，果然。”

“友好是女侠。”杜若认真地说，“江湖最后的侠客，我比不了。”

“快尝尝猪排，冷了，就不好吃了。”娜塔莎说。一边举起刀叉，向杜若示意：“来，看我怎么切。”

猪排裹了蛋液和面包糠，外焦里嫩，颜色金黄，咬下去，一声脆响之后，肉香四溢。只可惜，没有几口，盘子就光了。她们几乎同时从盘子上抬起头。

“太好吃了。”杜若说。

“太少了。”娜塔莎说。

都笑了。

“前些天，安霞回来一趟，给她买肉做了些吃的带走了，肉票就剩这些了。”娜塔莎抱歉地说，“好怀念能够大大方方慷慨宴客的时光……”

“娜塔莎，酒海肉山就不珍贵了，”杜若说，“这块炸猪排，我想我会记一辈子。”

“谢谢你，杜热(若)。”娜塔莎深深地看着她，“谢谢你这么说。”

那天，从娜塔莎家出来，杜若就去找夏莲了。

“夏莲，你北京那边，有关系吧？”她问。

“有啊，干什么？”

“能帮我买点牛肉、猪肉，或者排骨吗？”杜若说。

“这事啊,”夏莲回答,“你找姜友好不就行了?你让她家人帮你买，到时候和她的东西一块交接，多省事。”

“不,不找友好,”杜若说,“这事别告诉友好。你能找到别人吗?”

“行吧,”夏莲说,“可是,你干吗这么神秘?”

“可能的话,能买点黄油就更好了。”杜若避而不答。

“黄油?”夏莲更加的好奇,“你买黄油干什么?你发烧了?你怎么不买鱼子酱?”

“哦,你提醒我了。”杜若拍拍脑门,“要是有鱼子酱罐头,就买一盒。”

夏莲怀疑地打量着她，半晌说道:“不对,杜若,你坦白吧,到底怎么回事,你不说,休想让我为你服务。”

夏莲和杜若，住同院。她们从幼儿园起，就是同学。夏莲家和杜若家，一个住前排，一个住后排。夏莲的父亲，是药剂师，而她母亲，则在煎药房煎汤药。那些年，中学没复课时，夏莲常带杜若去煎药房那里玩，拣药渣里的莲子和大枣吃。

“我在学做西餐，我得自己备料。”杜若只好回答。

“天哪！和谁学？这你哪儿学得起？”夏莲叫起来，“哎我可告诉你杜若，到时候你可别让我垫钱，咱们亲姐妹明算账！”

杜若从口袋里掏出几张十元的钞票，往桌子上“啪”地一拍，说：“五十元，我预存你这儿，行了吧？”

夏莲惊得眼珠子都要掉出来了。杜若出徒不

久，一级工，月薪三十元出头，这破釜沉舟的架势，是不活了吗？

“你疯了？”夏莲说，“还是失恋了？这是受了多大的刺激？”

杜若笑了，说：“你不想让我成一个西餐大厨啊？等我学好了，你上我家来，你想吃啥我给你做啥。”

“我对西餐没兴趣。”夏莲回答，“不过我对教你西餐的人有兴趣。”夏莲笑了，头一歪，“坦白吧，是谁啊？在哪儿上班？比你大几岁？让我见见他，我就帮你买。”她猜想，许是杜若交男朋友了。

杜若一推她：“想哪儿去了？”她说，“与风花雪月无关。一个女师傅，和我妈差不多大，行了吧？你要不想帮忙，直说！我去找别人。”

杜若的忙，夏莲不帮谁帮？于是，这一周，牛肉、排骨，下一周，猪肉、黄油，一样样地陆续地买到了。杜若自备食材上门，学做菜，自然是不想给娜塔莎增添负担。听姜友好说，多年来，娜塔莎一直领着劳保工资，每月只有四五十元，从前，有安同志，自然不是问题，如今，安同志走了，这钱养活她和安霞两人，远谈不上富足。杜若自备食材，娜塔莎因材施教，带牛肉来，就做罐焖牛肉、土豆烧牛肉和罗宋汤，罗宋汤也就是红菜汤；带猪肉来，就做炸猪排、肉饼、肉冻……

但是这让娜塔莎深深地不安。她知道这些东西来之不易。几周后，她对杜若说："杜热(若)，你要再带这些东西来，我就不让你进门了。"她说得斩钉截铁，杜若想了想，回答说：

"那我们定君子之约，我不带东西来，你也不能准备，我还不算笨，咱们纸上谈兵，你讲，我用笔记录下来,怎么样?”

娜塔莎笑了,说:“好,”然后她说了一句中国的成语,“君子一言,驷马难追。”

杜若准备了一个笔记本,红色的塑料皮,上面印着“备战备荒为人民”这样一行语录。里面洁白的扉页上,杜若郑重地写下了题目“娜塔莎菜谱”。写下这行字,杜若笑了,自己也觉得不是很合适。想再换个本,找出来,一看,封面上印的是:要斗私批修。更不合适了。想想,算了,就用“备战备荒”吧。

从此,娜塔莎口述,杜若记录。第一道菜式,就是土豆沙拉。杜若在后面做了这样的备注:“这是我认识娜塔莎的开始,她跟我说的第一句话是,来,我教你做蛋黄酱。在这之前,我以为,娜塔莎只是一个传说。蛋黄酱也就是美乃滋,不过我们的美乃滋是改良过的,因地制宜,用普通食油代替了橄榄油,里面,除了盐,不加任何香料。”

那些她们一起做过的菜,一样一样的,杜若都详细记下了。没做过的,娜塔莎想起什么,就随口讲出来。常常,这些菜肴,都伴随着一个故事。或者,是在讲述一件旧事时,忽然想起一个菜品。她和安同志第一次约会,安同志点了一个什么菜啦,她怀安德烈时,特别想吃的一种甜品啦,诸如此类。现在,她们彼此都没有了负担,杜若说来就来,说去就去,来了,娜塔莎不过是一杯热红茶或者一杯咖啡款待。咖啡是速溶的,固体的一块,包着纸,叫“咖啡糖”。偶尔,她会做一些叫作“欧拉季益”的俄式松饼来做茶食。自然,这欧拉季益的烘焙方法,也被杜若原原本本记录了下来。

“我吃过的最好吃的欧拉季益,是我妈妈做

的。”一次娜塔莎这样说，“我妈妈年轻时非常美丽，安德烈长得就像我妈妈，她在一家餐厅做服务员，认识了我父亲。我父亲那时在大学里做助教，年轻、英俊、朝气蓬勃，他们是一见钟情，如烈火干柴，还没结婚就有了我哥。”娜塔莎笑笑说，一个老故事而已。无非是婚后并不幸福。先是父亲在“大清洗”中被小小地牵连，出了问题，被迫离开了莫斯科。几年后回来就变成了一个毫无廉耻的酒鬼，“就像后来的安德烈。”娜塔莎迟疑一下，这么说。

“我父亲几乎没有一天是清醒的，永远醉醺醺地回家，身上沾满呕吐的污渍，臭烘烘一头栽倒在地板上、沙发上、床上，有时彻夜不归，我妈妈就彻夜不眠……她心疼他。可我，我记不住我母亲嘴里那个英俊的、帅气的父亲，他离开莫斯科时，我才五岁，所以，我以这个酒鬼父亲为耻，我恨他，我甚至诅咒他死。果然，战争来了，他死了，德国飞机轰炸莫斯科，一颗炸弹落在了我们家住的那栋楼上，而在炸弹爆炸的瞬间，我父亲扑上来护住了我，把我压在了他的身子下面。他死了，我活着，他的血流了我一脸……上帝听到了我的诅咒。”娜塔莎无声地笑笑。

“后来，我妈妈告诉我，我父亲也最喜欢吃她做的欧拉季益，她说，你知道吗？你和你爸爸一样，你们都喜欢咸味的欧拉季益，特别是牛肝口味的。”娜塔莎说。

那天回到家里，杜若在这道菜谱的后面，记下了娜塔莎的这一番话。她很感慨，想，活到娜塔莎那么大，活到父母那么大，活到更老，这一日三餐中，该有多少的故事？

四　丽人行

那已经是春天了。这座城市的春天，总是来得很晚，又短。清明过后，谷雨过后，才姗姗来迟。飘柳絮了，飘杨絮了，杨花落了一地，几乎一眨眼，就是夏天。这个季节，杜若喜欢在休息日骑自行车去城外挖野菜。河滩、野地、田地旁，绿意盎然，到处生长着新生的蒲公英、荠菜、苦苣、马齿苋等等。杜若最爱的当然是荠菜。她一早踏着露水出发，中午之前，就会有满满的收获。这样，晚餐的餐桌上，就有新鲜的荠菜饺子吃了。

她约娜塔莎去郊外挖荠菜。

她骑车去和娜塔莎会合，意外的是，竟看见了姜友好。姜友好推着一辆红色的坤车，“二六”的大链盒“凤凰”,和娜塔莎并排站在路边。

“友好,你怎么也来了?”杜若十分惊讶,“你怎么知道的?谁告诉你的?”

“我听夏莲说的。”友好笑笑,“她说你要和你的师傅去挖野菜,我忍不住跑来了。”

有一年没见了,友好看上去清减了许多。“你瘦了友好,”杜若望着她脱口说,“你没事吧?”

“我能有什么事?”姜友好豪迈地反问。

也是,姜友好能有什么事呢?杜若笑了,说:“太好了,三人行。”姜友好说:“丽人行。”

天气晴好,天空湛蓝。树叶是初生的新绿,鲜嫩得让人心软。她们三人骑行,姜友好的“红凤凰”十分招摇,比它更招摇的,是金发白肤的娜塔莎。三人三骑,被人看了一路。杜若多少有点不习惯,姜友好却全然不在意,大声笑道:“田汉先生塑造,三个摩登女性。说的就是我们呢！”那是被批判的毒草电影《丽人行》的题记。杜若心里咯噔一下，她觉得姜友好的举止有点夸张，这让她有些不安。好在城不大，朝西，过桥，再朝南，渐渐有了郊野的风景。她们来到一片野草滩，抬头就是烟蓝色的西山。支好自行车，杜若用手一指说：“这是我的宝地，这里的荠菜，又多又好。”

娜塔莎和姜友好，都不认识荠菜，杜若教她们辨识。果然，这里的荠菜一丛丛一片片，四处可见，鲜绿水灵，三个人分头寻找，没用太久，她们的大网兜就装满了。杜若说：“够了，足够我们吃饺子了。歇歇吧。”

她们席地而坐，手被野菜的汁液染绿了。各自都带了军用水壶，也不顾卫生，拧开就喝，仰着脖子，咕嘟咕嘟喝得十分欢畅。草滩上，有些不知名的小野花开了，这里一片，那里一片，静静地，开得又寂寞又热闹。阳光照在她们脸上、身上，天地静谧得如同没有人类。许久，姜友好说：

“真好。都不想回去了。”

“是啊。”娜塔莎说，“就像在梦里，不想醒来。”

“我爱田野。”杜若说，“来了，就不想走。”

“以前，安德烈还小的时候，夏天，我常常带他和安霞去采蘑菇。我知道一个地方，有松林，有榆树和槐树林，夏天，下过雨之后，树下到处都是新鲜的刚出生的松蘑、榆蘑。采回来，我给他们烧蘑菇汤，安德烈闻着蘑菇汤的香气，会说真幸福啊——”娜塔莎望着烟蓝色的西山，这么说。

“那是什么地方？”姜友好神往地问，“我们也去好不好？”

飞来一只喜鹊，倏地落在了草地上，歪着头，冲着她们,喳喳喳激愤地叫着,对峙着,杜若笑了,“鸟听到我们的话了,这里是它们的天地,你看,它不满意了。”她这么说,“走吧,我想让你们尝到最新鲜的荠菜。”

这城中的习惯，休息日吃两顿饭，那天的正餐，是荠菜猪肉馅饺子。杜若原本计划包纯素馅的，但是姜友好说:“荠菜猪肉才是在论的呀。”她执意骑车跑回家拎来一块猪肉,说是夏莲昨天才给她捎回来的,刚好派上用场。“有肉大家吃！”她说得兴高采烈。杜若想,友好这是怎么了?有点不太对劲,不避嫌了吗?想问她,又没问出口,是真心不舍得破坏这难得的欢乐。于是三个人,择菜、剁肉馅、和面、包饺子,干得热火朝天。拌饺子馅负责调味的,自然是杜若,剁肉馅时,她仔细地剔除了所有的筋络血管,剁好后,用生姜水打馅,使肉变得鲜嫩无腥。荠菜则切得细碎均匀。菜和肉的比例也恰到好处。调味料却极简单，除了肉馅需要少许酱油煨起，然后就是一点盐、一点白糖和一勺熟食油锁水，其余的，葱、香油、味精、五香粉之类一概不用。这样，杜若说，才不干扰和毁损荠菜的清鲜。

果真，太好吃了。

娜塔莎说："杜热（若），这是我这么多年吃的最好吃的饺子。"

姜友好说："杜若，你真是个宝藏，认识你这么久了，居然还能给人带来惊喜。"

杜若笑而不答。

娜塔莎又说："我要是早认识你就好了，安德烈的爸爸和安德烈都很喜欢吃饺子，可惜我的饺子总也做不好。"她盯着盘子里的饺子说，"现在我就是学会了，他们也吃不上了。"她笑笑，"我就不学了。”

“娜塔莎,不是还有安霞吗?”姜友好说。

“安霞不一样,安霞从不挑剔,我做的任何东西她都说好,真心赞美,我想,这大概是因为她刚懂事就遇到了三年困难时期吧?她知足。”娜塔莎回答。她大概也觉得这回答有点言不由衷,“好吧,友好,别这样看我,我承认,上帝也知道,我爱安德烈可能更多一点……吃到他喜欢吃的东西,做他喜欢做的事情,我就有罪恶感:我的儿子不知道在哪里流浪、受难,我却在享受——”

“又来了娜塔莎,”姜友好打断了她,“你没有做错任何事,亲爱的,不对的是他。不过今天我不想说安德烈,就今天一次,原谅我……今天我只想说快乐的、高兴的事。你这里有酒吗?哦,抱歉我忘了,你家里怎么会有酒?这么美味的饺子,焉能无酒？此刻有杯竹叶青就好了。”

杜若起身，说：“我去买。”娜塔莎叫住了她，说：“我有威士忌，我去拿。”

杜若和娜塔莎对视一眼，愣住了。

片刻，娜塔莎捧着一个托盘过来了，上面有酒瓶和三个酒杯。酒瓶是打开的，里面的酒只有大半瓶。她一边倒酒一边说：

“安德烈的爸爸走后，我一个人太寂寞，偶尔会喝一杯。”她笑笑，“不过你们放心，我不是安德烈，不是我父亲，我还有安霞。来——”她举起了杯子，问，“为什么干杯？”

杜若说：“为春天，为田野，为慈悲的荠菜，为我们爱的人。”

姜友好说：“还有，为自由，为无牵无挂。”她嫣然一笑，“为——为我重新变成一个自由的单身女人——”

什么？娜塔莎和杜若以为自己听错了。

“我离婚了。”姜友好笑着说。

杜若惊住了。

“为什么？”娜塔莎心慌意乱地问，“是我的缘故？”

“怎么会因为你？”姜友好回答，“当然不是。是因为我父亲，我父亲的问题至今没有结论，而我丈夫他遇到一个千载难逢的好机会，出使国外，做武官。这机会不是什么时候都能遇到……”

年轻的海军军官十分为难，也不能怪父母逼他，在锦绣前程和扯后腿的倒霉女人面前，有几人不势利？何况这二老原本就不喜欢那个名声不好的儿媳妇，不满意这门婚事，他父亲说：“爱美人不爱江山，那得是皇帝，你哪有那个资格！”海军军官痛苦不堪。姜友好出手了，说：“不就离个婚吗？成全你！成全你们家！”于是找了人托关系，很快办了离婚手续。临别时，姜友好对他说：

“记住，不是你做了陈世美，是我先休了你的。你走你的阳关大道吧，我回江湖了。”

此刻，姜友好举着酒杯说：“我回江湖了，干！”

娜塔莎和杜若，谁都不举杯。

姜友好放下了酒杯：“怎么了？不欢迎我回来啊？”

许久，杜若说道：“姜友好，姐姐，你难过、伤心，就别撑着了，要朋友是做什么用的？”

姜友好哈哈笑了：“小杜若啊，你太清纯了，太幼稚太罗曼蒂克了，我早跟你说过，我是浊世里的人，遵从的是浊世里的规则，有什么可伤心的？”她举杯一饮而尽，“娜塔莎，姐姐，你来，你陪我喝一杯。”

娜塔莎举杯，一饮而尽，说：“友好，知道吗？我很想你，非常想。”

杜若眼圈红了，也举起来杯子：“你说的，田汉先生塑造，三个摩登女性，”她咕咚咽下一大口，呛得直咳嗽，“我们三人，丽人行，不分开。”

娜塔莎说：“二十年前，我还称得上是丽人，现在可不是了。现在是丽人的妈妈了！”

姜友好笑道：“谁说的？丽人永远都是丽人，外表不是了，骨子里也是。美人在骨不在皮。”

三个“丽人”都笑了。

姜友好说：“娜塔莎，你家里有照相机吧？来，我们拍张合影，留个纪念，题记就写：丽人行。”

果然有相机。“海鸥135”。果然就照了。咔嚓一响，留下了这个春天温情的瞬间。胶卷是相机里几年前没拍完的，也不知是否过期，也不知能否成像。她们不能确定。就像她们不能确定明天会发生什么一样。

那天，姜友好没有回家，几杯威士忌竟然使她醉倒了。她吐了酒，头晕，娜塔莎安顿她在安霞的床上躺下了，说："你歇会儿，醒醒酒。"她顷刻就睡着了，睡得很沉。现在，她没有什么可顾忌的了，她不再需要为了她的爱人她的丈夫忍痛和朋友疏远绝交。活了这么多年，她只做过这么一件违心的事，上天就惩罚了她。

半夜里，她忽然醒了。一盏床头小灯昏黄地亮着，许久，她才想起自己是置身何处。她爬起来，开门，穿过走廊，来到了娜塔莎的房间。也有一盏灯微微地亮着，娜塔莎和衣睡着了。她走过去，站在了娜塔莎的床前。娜塔莎睁开了眼睛，说："醒了你？”她没有回答，蹲下来，把脸埋进了娜塔莎的臂弯里：“怎么办啊娜塔莎，我舍不得他……”说完，她无声地哭了。

当晚，杜若回到家里，发现夏莲在等她。她母亲说：“你可回来了，夏莲等了你一晚上。”

她拉着夏莲进了里屋。

“你太不够意思了，”夏莲一进屋就喊，“说，你的师傅，是不是娜塔莎？”

“你知道了？”杜若说，“姜友好告诉你的是吧？”

“你还好意思问？”夏莲很委屈，“杜若啊杜若，你居然瞒着我，欺骗我，害我还以为你有了男朋友！天天让我为你们服务，却不让我知道真相，你是不信任我还是有了新朋友就不要我这老朋友了？”

“不是的夏莲，是友好托付我的事，她没让我和别人讲，所以我还没敢告诉你——”

“姜友好更不够意思，”夏莲不容杜若分说，打断了她，“她认识我在先，认识你在后，结果她倒把你当朋友把我当她的交通员了，天天给她传递这传递那，有了好事，一点也想不起我来！”

杜若笑了：“好事？夏莲，原来你觉得这是好事啊？友好可是因为顾忌她的丈夫——”杜若顿了一下，想，是前夫了，“因为那个现役军人海军军官，才不和娜塔莎来往了。你不怕别人说你和苏联人交往啊？”

“你怕不怕？”夏莲反问，“你不怕我怕什么？娜塔莎是克格勃吗？我一个列车员，你一个小集体工人，克格勃吃饱撑的找咱们啊？”

“不是啊，夏莲，”杜若说，“安德烈、安向东是克格勃吗？当然不是，可是你当初退学了，没看到那些人欺负他，孤立他，谁要是敢跟他来往，就骂他和‘苏修’穿一条裤子，最后，还把他推到了防空洞底……就拿昨天说吧，我们骑车去郊外，一路上，路人看我们的眼光，千奇百怪。你不在乎？”

“不在乎，”夏莲回答，“我只在乎，你们拿不拿我当朋友。”

杜若觉得心里一热。

“娜塔莎说，等夏天到了，她带我们去树林里采蘑菇，她知道有个地方下了雨，蘑菇很多。到时候，我们一起去，浩浩荡荡地。”她笑了，“然后，我来负责，给你们做鲜蘑饺子或者蘑菇汤。那味道一定美极了！”

但是她们没有等到这一天。

先是夏莲，忍不住在饭桌上说起了采蘑菇的事。她妈说:“蘑菇可不能瞎采,小心中毒。你问你爸是不是？”

她爸是药剂师。

夏药师说:“可不是，年年都有人死于蘑菇中毒。”

夏莲说:“没事,我们有专家,娜塔莎年年都去采。”

夏药师“嗯”了一声,竖起了耳朵。夏药师这人,历史上,有点小污点,本来就胆小怕事,如今,有了这污点的阴影,活得就更加谨小慎微,战战兢兢,“娜塔莎是谁？”他警惕地问道。

“就是我从前同学的妈妈，你们应该听说过吧？”夏莲回答,“那个中苏混血儿,安向东,娜塔莎就是他妈。”

夏药师差点被一口窝头噎住，“你，你怎么会和一个苏联女人搞到一起？你怎么会认识她？”他紧张得脸都绿了。

“紧张什么呀，”夏莲回答，“是杜若，杜若在和她学做西餐，她是杜若的师傅。”

“杜若！”夏药师愤怒了，“我早就跟你说过，别总和杜若混在一起，她思想意识不健康，太复杂，和你不是一路人，他们家和我们家也不是一路人，看看看，出事了吧？”

“出什么事了？”夏莲反问，“能出什么事？”

“和苏联人都混到一起去了，和头号敌人混到一起了，你还要出什么事？”夏药师声音像蝉鸣一样变得尖厉。

“什么叫混到一起？我又不认识娜塔莎，我还没见过她呢！”

“谢天谢地！”夏药师双手合十拜了拜，说，“你喊什么，你怕人听不见啊？告诉你夏莲，马上和杜若断绝来往，你听见没有？马上和她断绝一切关系！她爱惹什么祸是她的事，千万不要让她再来招惹咱们家，听懂没有？咱们这个家，能平平安安到今天，知道有多不容易吗？你让一家人过两天安生日子行不行啊？啊？”

他眼里几乎迸出泪光，夏莲忽然觉得不忍心。她只好说道：“知道了，我不理杜若就是了……”这句话一出口，她心痛了。

可是夏药师还是不放心，思来想去，第二天傍晚，他去了杜家。两家大人，几乎从无往来，夏药师登门，这让杜医生和赵女士感到非同寻常。果然，是棘手的事。夏药师窃窃低语和杜医生交涉了十分钟后离开了杜家。出门，正好和下班回家的杜若打了个照面。杜若叫了一声“夏叔叔”，他没理，径直而去。

杜若感到奇怪。

杜医生说：“杜若，你惹事了。”

“怎么了？”

“你知道夏药师来干什么？他来给我下最后通牒来了。”杜医生回答，语气平静，“他说，以后，不许你和夏莲往来，他要夏莲和你划清界限，他们家和我们家也要划清界限，假如，你执意不听的话，他会采取革命行动。”

“采取什么行动？”杜若很好奇。

“他会去革委会揭发我，罪名是纵容你里通外国。还有，”杜医生顿了一下，“去公安局告发你。”

杜若倒吸一口冷气。

“他还算君子，明人不做暗事。”杜医生说。

“杜若，你在和一个苏联女人学做西餐？”杜若的母亲赵女士疑惑地问，“真的假的？夏药师胡说吧？”

“真的。”杜若回答，“他没胡说。她是我同学的妈妈，就是那个——小时候就听说的娜塔莎。”

“你？” 赵女士愣了一愣，“你可真胆大包天啊——”

“杜若，”杜医生说，“刚才，夏莲爸爸有一句话说得不错，他说，他们一家能平平安安过到今天，不容易，咱们家又何尝不是？”他叹口气，“杜若啊，别怪我们胆小怕事，未雨绸缪，就不要再去学做什么西餐了，这是多奢侈的事。”

父亲语气平静，但杜若还是听出了深深的悲凉。她心里一痛。

“也不要再去找夏莲了，”赵女士迟疑一下，歉疚地说，“就当你失忆了，不认识这个人了。我知道你们两个好，夏莲也是个好孩子……只是，她爸那个人，真要去告发你们，不是闹着玩的。”

这一晚，杜家的餐桌上，气氛沉闷压抑。杜仲去乡下插队了，不在家。四口人，围着一张折叠桌，沉默不语地吃着简单的晚餐。杜若低头扒拉着碗里的饭粒，食不下咽，一双筷子伸过来，一块腊肠落进了她的碗里，她一抬头，是父亲。

杜若心里翻江倒海。

第二天早晨，杜若推车走出小区大门，就看见夏莲站在路边，她知道夏莲在等她，但她没有理睬，刚要蹬车，夏莲过来挡住了她的去路。

“杜若。”夏莲喊。

杜若说：“夏莲，你别来找我了，你再来，你爸就会去告发我里通外国了。”

“对不起,杜若,”夏莲咬了下嘴唇,“我爸太过分了——”

“不,我不怨夏叔叔,”杜若平静地回答,“他是为了保护他的家人,我父亲也一样。他也不让我和娜塔莎来往了。”

“都怨我。”夏莲说。

“我想了一夜,”杜若说,“我们没有权利任性,没有资格任性,没有权利让我们的亲人,为我们担惊受怕,受我们牵累……夏莲,”她冲朋友笑笑,“就此别过,从今往后,我就不认识你了!”

说完,她蹬车而去。

夏莲望着她的背影,看她沐浴在新鲜的朝阳里,渐行渐远。她们差不多从有记忆起就相识,做了这么多年的朋友,如今,将成为路人。夏莲哭了。她在心里喊,亲爱的,亲爱的,亲爱的,再见了。

杜若心里,也在告别。

和还没来得及抄录的菜谱，和那些菜式后面的故事,和互为知音的那种默契与欢喜,和期待的采蘑菇、野游,和一诺千金的承诺……一一告别。

仅仅是一点小风浪,她就现了原形。杜若含着眼泪微笑。现在,她是自己曾经鄙夷的那些人中的一个了。

再见了,她在心里说,那个昙花一现的美好的杜若。

再见了,美好的“丽人行”……

最后一次,夏莲去给姜友好送北京邮包。夏莲说:“姜友好,以后,我不能再来了。不能再给你带东西了。”

“怎么了?”姜友好奇怪地问,“不跑北京了?”

“杜若也不能来了。”夏莲说。

姜友好愣了一下，问道：“出什么事了？”

“能不问吗友好？”夏莲悲伤地笑笑，说，“友好，也许，我们本来就不该认识。抱歉。”

沉默许久，姜友好笑笑，说：“懂了。”

杜若也做了一件必须做的事情。她跑了许多家文具店，终于买来一本她还满意的笔记本。牛皮纸质的封面，很干净，很空旷。内页没有格子，纯净而洁白，有一种深沉悲哀的寂静，如同被积雪覆盖的大地。杜若在这个本子上，工工整整地，重新抄录了一份她的《娜塔莎菜谱》，连同那些说明和备注。在最后一页上，她写了这样一些话：

亲爱的娜塔莎：

抱歉我食言了。我没有勇气看着你的眼

睛，面对面与你道别，更没有勇气说出那个道别的理由。那让我羞耻。这本菜谱，我重新抄录、整理了一份，里面，记载着我们曾经拥有过的一段珍贵时光，点点滴滴，都是我的回忆，以及，你的……

原谅我不能像姜友好那样无畏和勇敢。我说过，她是一个仗剑独行的侠客，而我，只是万千庸众中怯懦、卑琐的一员。别了，娜塔莎！珍重！珍重！珍重！这样说的时候，我心里在落雪……

她最后一次，来到了那栋红楼里，站在了三层那扇门前。她把装着笔记本的一只网兜，挂在了门把手上。她依恋地摸摸门把手，站了一会儿。终于，敲敲门，然后，掉头噔噔噔跑下了楼梯。

几天后,杜若收到了一封本埠来信。寄信人是姜友好,里面有一张照片和一封短信,只有几句话:

本来不想给你了,可还是没忍住。就算是临别纪念吧。不知道具体发生了什么,但还是大致可以猜到。照片拍得不错,你想留着,还是怕受牵连烧了撕了毁了,一切由你。

没有署名。

是那张合影。三个人,坐在地毯上,漂亮的波斯地毯。姜友好搂着娜塔莎,娜塔莎则搂着杜若。三个人都在朝着镜头笑,可看得出来,只有杜若一人的笑,是春天般的微笑,少女的微笑,明朗、明净、毫无提防和心事,不知道生活的厉害。

照片上,印着白色的题记,真的写的是:丽人行。

杜若低头，亲了亲照片，亲了亲照片上的自己。多么明媚啊,她怜悯地想。哭了。

一年后,姜友好的父亲复出,姜友好也被调回了北京。

这座城中,娜塔莎再没有一个朋友了。安霞在乡下一直没能回来,娜塔莎也无可挽回地染上了酒瘾。有一天,醉酒后,诱发了急性胰腺炎,剧痛使她站不起来,她挣扎地爬着打开了房门,却昏倒在了家门口。邻居发现她的时候,人已经不行了。送到医院,没能抢救过来。

终年四十二岁。

她跟随安同志来到这城市时,是二十五岁。清新如一棵小白桦树,眼睛像天空般蔚蓝。

五　我们的娜塔莎

许多年后，这座城市里，有了一家俄罗斯餐厅，餐厅的名字有点拗口，叫作：我们的娜塔莎。

不少人提议，干脆就叫“娜塔莎”算了，简单、明了、上口。但是老板不同意。

老板说：“娜塔莎就是我们的。”

谁也不明白这话的意思。不明白就不明白吧。老板不解释。

菜肴是常见的俄罗斯菜式，没有花式噱头，但是品质无可比拟。鱼子酱和一些主要调味品都来自俄罗斯。主厨也是从俄罗斯聘请来的，但老板本人则兼副主厨。有几道菜，副主厨一定要亲自动手或者把关，一道是红菜汤，一道是咸味的欧拉季益，还有一道叫“丽人行”，这是所有菜品中的一个异类，不算传统也不算纯粹的俄式，发明者是老板本人。那是一道鲜菌菇汤，汤里煮有饺子。假如是春天，这饺子的馅料必定是荠菜主打。虽然，这道菜名不见经传，但是，味道极其鲜美，口感丰富，颇受顾客欢迎，几乎成为这家餐厅的代表作。

餐厅的装修，格调不俗，有俄罗斯乡村的风情。裸露的原木梁架，石墙，烧果木的大壁炉，铁艺的风灯。迎门的主墙壁上，挂着一幅大大的照片。是一幅老照片，做了特殊的处理，看上去，颇有古典油画的效果。那是一张合影，三个女人，坐在一块波斯地毯上，望着镜头微笑。其中一人，是个丰满的异国女人。只不过，照片上的这三人，毫无出处，但，它挂在那里，却非常醒目，有一种岁月的惊心动魄和隐约的神秘感。

老板在等待能认出这张照片的人。

等待一个跛腿的男人。一个曾经的美少年。

等待一个叫姜友好的女人。

从二十世纪九十年代开业,几十年过去了。餐馆从最初的火爆到后来的平淡甚至是萧条,老板依旧坚守着,她还在等。

杜若还在等。

或许,杜若并不等什么,并不等谁。她坚守着,只是让这座城市记住,曾经,有一个叫娜塔莎的女人,在这里活过,爱过,死过。

清新如白桦树的苏联姑娘。

关于娜塔莎

作者 蒋韵

这个娜塔莎，不是托翁笔下那个不朽的、光芒四射的女性。她属于我们，我们那座中国北方内陆、出产煤炭和钢铁的二三线城市，属于黄土高原和汾河河谷盆地那片曾经闭塞的地方。在我少年时代，她是那城市的传奇。

很多人都知道，一个苏联姑娘，嫁给了我们这城市的一个男人。千里万里，追随了他，移植到了我们的土地。

那时，从来不会想，她真实的生活是什

么样子，就像从来不会去想一颗星星拥有怎样的日常。对我们这些没有多少见识的本城少年来说,她与我们的距离,就是我们和星空的距离：供我们仰望，却没有真实感。

曾经,在街头碰到过她一两次,那时她已是一个地道的苏联大妈,体态臃肿,神情冷漠，与想象中那个窈窕美丽多情的苏联姑娘,霄壤之别。与其说是失望,不如说是震惊。因为从没有想过,传奇原来也会老。

所以,对我来说,她始终是一个传奇。不过是一个传奇。

后来,就不知道她去了哪里。她消失得

无影无踪，生活也没有让我再想起她来。有关她的话题，不再流传，她在那个城市彻底地销声匿迹。

今年，大疫期间，困在家里，足不出户，世界缩在了四壁之内，往事却变得格外清晰。开始写一个我不擅长的非虚构长篇，一个北方家庭的饮食记或曰烹饪史，某一日，写到自制沙拉蛋黄酱，这件事，七绕八拐，朦朦胧胧，似乎，和这个当年的苏联姑娘，后来的苏联大妈，有一点点遥远的关系。起初，我很平静地叙述，写着写着，忽然就极其清晰地，看到了她。她臃肿，冷漠，目不斜视地走在我们冷风呼啸的街头。那一瞬间，我看到了她地老天荒的孤寂，一个血肉之躯的女人地老天荒的孤寂。

对她而言,那是怎样一座孤城啊。

那座城市,从来,没有人听到过她的声音吧?

她怎样生活，经历了什么，承担了什么,她的悲喜,她的歌哭,她的一日三餐一年四季,我一概不知。我不知道没关系,可那座城市呢?那片土地呢?那条穿城而过的河流呢?东山和西山呢?那被称作这城市桅杆的双塔呢？种满牡丹的永祚寺呢？它们呢？它们对这个千里万里投奔爱情而来的姑娘,异国他乡的勇敢的姑娘,别人家的孩子,它们是否曾仁慈地善待过她?是否超越时代超越一切人为的障碍和冠冕堂皇的理由,真正接纳过她?没人告诉我这个。它们沉默不语。如今,和拔地而起的无数座高楼广厦,无数条高架路立交桥组成的新城区相比,它们是弱势群体,被喧嚣的巨大市声边缘化,我听不见它们的声音——听不见历史的声音。

我觉得悲伤。

我静静地想,一个人的到来,那样美好的到来,应该为这城市留下些什么,尽管她生不逢时。

于是,我停下了长篇的写作,写下了这

个——《我们的娜塔莎》。

真正的那个异国女性叫什么，我其实不知道。之所以给她起名叫娜塔莎，是因为，我太爱《战争与和平》里的那个动人的娜塔莎，那个拥有俄国灵魂的、月光般美好的姑娘。那是托尔斯泰的理想和故园，但最终，谁又能回到故园呢？连托尔斯泰也只能死在一个不知名的小车站，我的娜塔莎，只能做一个孤魂野鬼。

秋天北京的天空，蓝得让人难过。